POÉSIES.

FLEURS ET SOUVENIRS

Fleurs et doux souvenirs qu'amène le printemps,
Parfums, plaisirs d'un jour, qu'anéantit le temps ;
Allez vers mes lecteurs montrer vos noms si doux ;
Ces chants que mes soupirs ont exhalés pour vous.

2e ÉDITION. AUGMENTÉE.

FERNAND BURIER

DE SAINT-QUENTIN.

SAINT-QUENTIN.

Typ. et Lith. d'Ad. Moureau, Grand'Place, 7.

1858

Le poète, lecteurs,
En livrant cet ouvrage,
Craignant fort les moqueurs,
S'arme d'un grand courage.
C'est le premier début,
Lisez sans réticence,
Et n'ayez qu'un seul but :
Celui de l'indulgence.

———

Si le fameux Boileau,
Poète satirique,
Sortait de son tombeau
Pour faire sa critique,
Il entendrait, joyeux,
Sa sévère réplique;
Et ferait beaucoup mieux
Après le satirique.

A. S. A. R. LA PRINCESSE CHARLOTTE,

à l'occasion de son mariage avec

S. A. I. l'archiduc **FERDINAND-MAXIMILIEN** d'Autriche,

le 27 Juin 1857.

Bruxelles, le 25 Juin 1857.

Quel nouveau bruit de joie et de pure allégresse
  S'avance en grandissant.
Pourquoi ce mouvement, cette nouvelle ivresse,
  Dont parle le passant?
Fête-t-on en Belgique un autre anniversaire
  Du roi qu'on aime tant?
Chante-t-on les bienfaifs, l'affection sincère
  du Prince de Brabant?
Vante-t-on la douceur, la grâce enchanteresse
  D'un ange au cœur aimant,
Dont l'âme noble et pure apporte une caresse
  Au Belge, son enfant?
Est-ce enfin l'air loyal du bon comte de Flandre
  Dont on parle souvent?

Répondez au poète afin qu'il puisse rendre
          Cet effet saisissant.

          .   .   .   .

Non, ce n'est pas, ami, pour ces royales têtes,
Que s'apprêtent en ces lieux ces magnifiques fêtes.
Tu ne connais donc pas, au château de Lækren,
Un ange, gracieux joyau de cet Eden,
Aux traits si beaux, si purs, qui rappellent sa mère;
Les bienfaits éternels de son auguste père.
Tu n'as donc jamais vu, poète insouciant,
Cette taille et ces yeux, ce sourire enivrant,
Cette main qui toujours au pauvre se dilate,
Ce qui fait qu'en ce jour pareille joie éclate.
Te parle-t-elle enfin! On se dit: quels accents!!...
Et d'un secret bonheur, tout en vous s'en ressent;
Devant ce bel enfant, on est tout en extase,
Et le soir en dormant vous revient son image;
Image gracieuse en qui Dieu mit un cœur,
Si bien fait pour aimer, connaître le bonheur.
Oui, c'est pour elle enfin, pour son beau mariage,
Qu'un bonheur tout nouveau renaît sur ce rivage.
Elle épouse bientôt FERNAND MAXIMILIEN,
Prince que tu connais bon cœur, s'il te souvient.

          .   .   .   .

Voilà ce que disait la voix à mon oreille
Et m'inspirant soudain par l'heureuse nouvelle,

Heureux ! je pris ma lyre et ma muse chanta
Ces vers que le zéphir au château vous porta.
Laissez donc à mon cœur, au comble de l'ivresse,
Crier : *Bonheur ! Amour ! Vive l'Archiduchesse !!*

Cette Pièce de vers a valu à son auteur une récompense de 450 fr. du Cabinet du Roi, un Autographe de S. A. I. et l'acceptation de son prochain volume de poésies.

Bruxelles, le 27 Juin 1857.

Bonsoir et Bonjour.

Dédié à ma sœur **MARIE.**

Bonsoir, petite Sœur,
Auprès de toi je veille,
Le souffle de ton cœur
Arrive à mon oreille.
Doux comme le zéphir
Qui le soir vous caresse,
Doux comme le soupir
Légué par la tendresse.

Bonsoir, petite Sœur,
Dors en paix, ô Marie,
Laisse ce front rêveur
Au mortel qui l'envie.
Sur tes traits gracieux,
Laisse errer un sourire,
Rêve, mon ange, aux cieux
Et viens me le redire.

Bonsoir, petite Sœur.
Et toi, vent qui murmure
Tais-toi!... tu lui fais peur :
Laisse en paix la nature.
Qu'il est doux son sommeil,
S'il n'allait pas finir,
Oh malheur sans pareil,
D'y penser, c'est mourir!

———

Bonjour, petite Sœur,
Que je t'embrasse encore ;
Viens cueillir une fleur
Au lever de l'aurore.
Viens dans notre jardin
Chercher la primevère,
L'œillet, le frais jasmin
Et la fleur printannière.

———

Bonjour, petite Sœur,
Entends-tu les oiseaux
Gazouiller tous en chœur,
Le beau jour des Rameaux.
Ils chantent cette fête,
Le retour du printemps,
Et moi, simple poète,
Je chante un autre temps.

Bonjour, petite Sœur,
Cherchons dans la prairie
Une gentille fleur
Qui doit être fleurie.
Tiens!... ne la vois-tu pas?
Regarde!... est-elle belle?
Fleur, *ne m'oubliez pas !!...*
C'est ainsi qu'on l'appelle.

Le 1er Mai 1857.

A ANNA LEMAIRE,

Prima-Dona du Théâtre Royal de Bruxelles.

Regrets.

Dédiée à M. **VIZENTINI**, ex-régisseur
du Théâtre Royal de la Monnaie.

Voyageur arrivant sur la terre étrangère,
Qui se montre à mes yeux ? hélas !.. c'est un cercueil ;
Vers le champ du repos, sa demeure dernière,
Il franchit lentement le triste et sombre seuil.
Un cercueil !... que ce mot renferme de tristesse,
De larmes, de regrets, de cruelles douleurs !
Un cercueil !... vilain mot qui toujours nous oppresse ;
Un cercueil ! c'est la mort !.. un cercueil ! que de pleurs !.
Au passant, qui, debout, contemplait en silence
Cette foule avancer, le désespoir au cœur.
Je demandais le nom de cette adolescence,
De ce rameau courbé, de cette pauvre fleur.

« Anna ! répondait-on : Anna, la jeune fille,
« Dont la voix belle et pure a charmé nos loisirs ;

« Talent plein d'avenir, espoir d'une famille,

  « Que le destin ravit ses plus chers souvenirs ! »

Le cortége funèbre avançait en silence,

Dans presque tous les yeux on y voyait des pleurs;

C'étaient les doux tributs de la reconnaissance

Qui s'échappaient enfin de tous ces jeunes cœurs.

Curieux spectateur, j'allais au cimetière,

Visiter cet asile, où le saule pleureur,

Penche son triste front sur la tombe d'un père;

Endroit où chaque jour s'épanche la douleur.

J'entendis une voix où la douleur réelle

S'exhalait en pensers tristes et douloureux;

Cette voix s'adressait à la jeune mortelle

Qui quittait ce séjour pour le séjour des cieux.

  « Vois nos pleurs, nos regrets prononcés sur ta tombe,

  « Disait la faible voix: pourquoi nous la ravir?

  « Pourquoi, cruel destin! que sur toi tout retombe.

  « Oh! pardon pour le lieu, mais c'est sitôt mourir.

  « Peut-être en ce moment écoutes-tu ma plainte

  « Du haut de ce beau ciel, où va notre douleur;

  « Peut-être en ce moment, où, d'une voix éteinte

  « Mes accents vont vers Dieu, souris-tu de bonheur.

  « Ah! s'il en est ainsi, ce n'est plus sur ta bière

  « Que mon regard s'abaisse à chanter et pleurer;

  « C'est vers le firmament, cette pure lumière,

  « Que ma voix desormais, vers toi va s'élever.

. . . .

« Sois bien heureuse Anna ; chante avec les archanges,

« Ces hymmes que toujours tu chantais à ravir.

« Mêle ta belle voix au doux concert des anges,

« Nous n'avons plus de toi que ce seul souvenir.

« Mêle tes airs si doux au chant de la fauvette,

« Au chant du rossignol dans l'éternel séjour.

« Chante parmi les fleurs, chante avec l'alouette,

« Chante, dans le beau ciel, le cantique d'amour.

« Et moi sur cette terre attendant en silence,

« Qu'il plaise au Tout-Puissant de m'appeler vers lui,

« Je viendrai sur ta tombe y pleurer ton absence,

« Graver ces simples mots composés aujourd'hui :

Ci-gît dans ce tombeau

Erigé tout nouveau,

Dort une demoiselle.

Passans ! priez pour elle !...

Que vos légers accens ,

Comme un bien doux encens ,

S'élève jusqu'aux cieux ,

Le séjour des heureux.

Elle est morte à vingt ans :

C'est vivre peu de temps ;

Oh ! que sa voix fut belle !

Que de talens en elle !

Mais la mort était là,
Visiteurs!.. plaignez-là!

Le poète est témoin, ô pauvre jeune fille,
Des pleurs et des regrets donnés sur ton tombeau;
Si du haut de ce ciel, où le pur astre brille,
Tu pouvais les entendre!... Oh! l'émouvant tableau.

Le 17 Mai 1855.

La Fleur Printannière.

Dédiée à Mlle **F. A.**

Le 2 Mai 1857.

Enfans! que j'aime à marcher solitaire,
Protégé par l'ombre des peupliers;
Que j'aime à voir notre nature entière
Et m'exiler dans ses charmans sentiers.
J'y vais pleurer ma douleur bien amère,
Et demander à Dieu des jours plus beaux;
Je ris, je cause et chante sans mystère,
Avec la fleur, l'insecte et les oiseaux.

Parmi les fleurs, il en est toujours une
Que j'aime, hélas! à voir et respirer;
Près de son cœur, certain jour à la brune,
Heureux! j'allais moi-même la placer.
Son nom, pour moi, c'est la douce espérance;
Oh! moissonneur!... ne la flétrissez pas;
Seule, elle calme ma triste souffrance,
Son nom charmant est: *Ne m'oubliez pas.*

Sa couleur bleue est belle, fraîche et pure,
Elle fleurit jusqu'après la moisson.
Elle est partout, partout, sur la verdure,
Dans le vallon, le jardin, le buisson.
Près d'elle, enfants !... toujours je m'extasie,
Avec bonheur, je lui donne un baiser,
C'est un baiser donné pour une amie,
Petite fleur, je me plais à t'aimer !...

———

Elle est petite et toujours gracieuse,
Son doux parfum est frais à respirer :
Près d'elle, enfin, ma voix devient rêveuse,
Et cependant je voudrais l'oublier.
Mais... je le sens, c'est pour moi l'impossible !..
C'est mon bonheur ! mon unique ici-bas ;
La voyez-vous ? belle, douce, impassible,
Qui semble dire : *Ah ! ne m'oubliez pas !...*

———

Oh ! reste fleurie,
Ma charmante fleur,
Toi qu'elle a choisie
Pour garder mon cœur.
Ton parfum m'enivre,
D'un bien doux espoir,
Enfin, je veux vivre,
Et toujours te voir.

La Muette de Perpignan.

SOUVENIR.

Dédiée à M. **SILLIAN**, chef de division à la Préfecture.

Perpignan, le 5 Février 1858.

Pourquoi, petit enfant,
Suis-je donc en extase
Devant ce front charmant,
Devant ta pure image ?
Pourquoi Dieu te créa
Si belle et mignonnette,
Si pour vivre ici-bas
Tu dois rester muette?

Enfant! m'as-tu compris?
Non!.. je vois ton sourire
Qui paraît tout surpris,
Et qui semble me dire:
« Je n'entends pas ta voix
« Quoique si gentillette;

« Le destin a ses lois,
« Je suis sourde et muette. »

———

Tu vois, j'ai de beaux yeux,
Une bouche divine,
Le regard gracieux,
Qui charme et vous fascine.
Mais, que me fait, hélas!
Ces dons, je le répète;
Mieux vaudrait le trépas;
Je suis sourde et muette.

———

Si je sens le zéphir,
Qui le soir me caresse,
Je n'ai plus qu'un soupir
Pour peindre mon ivresse.
Si je vois une fleur,
Sur sa tige coquette,
Mon front devient rêveur;
Je suis sourde et muette.

———

Si du charmant tableau,
De la belle nature,
Je veux dire: *C'est beau!...*
Ma voix n'a qu'un murmure.

Et si pourtant un jour
On me contait fleurette,
Que répondre à l'amour?
Je suis sourde et muette.

Voilà ce que l'enfant,
Près de moi, semblait dire ;
Je sentis, la quittant,
Une larme au sourire.
Puis, quand je fus bien loin,
L'adieu de la fillette
Se fit avec la main ;
Pauvre sourde et muette.

𝕷𝖊 𝕾𝖔𝖚𝖛𝖊𝖗𝖆𝖎𝖓 𝖊𝖙 𝖑𝖊 𝕾𝖈𝖎𝖊𝖚𝖗 𝕯𝖊 𝕻𝖎𝖊𝖗𝖗𝖊𝖘.

———

Le Poëme que j'ai l'honneur de vous soumettre m'a été inspiré par une aventure arrivée, le 21 juin dernier, entre Sa Majesté Napoléon III, notre Empereur actuel, et un Scieur de pierres, près Saint-Cloud.

———

Paris, 21 Juin 1857.

Le principal héros de cette simple histoire,
Vous le connaissez tous : son grand nom, sa mémoire
Seront toujours gravés, comme un grand souvenir,
Dans l'âme du français jusqu'au dernier soupir.
Le fait est tout récent et ce n'est pas un conte.
Voulez-vous, chers lecteurs, que je vous le raconte.
C'était par un beau jour du dernier mois de juin ;
Peu de monde, à cette heure, errait sur le chemin.
Le soleil, de ses feux, caressait la nature,
Chacun cherchait repos, plutôt que l'aventure.
Près des murs de Saint-Cloud, aux abords du palais,
Un homme, à quelques pas, pensif, se promenait ;

Ses traits, nobles et fiers, sa démarche rêveuse,
Tout en lui m'annonçait une âme soucieuse,
Un génie ou l'esprit travaille à chaque instant,
A chercher le bonheur du français, son enfant.
Pourtant ce noble cœur pouvait, dans sa demeure,
Sur des coussins moëlleux, choisir la plus belle heure,
Se livrer aux douceurs que donne la grandeur,
Effacer ce qui peut raviver la chaleur.
Le ruban de l'honneur masquait sa boutonnière,
Rien n'indiquait enfin sa qualité princière.
Sa mise était sans fard; que c'eût été hasard
De reconnaître en lui ce noble et fier regard.
L'Empereur!!! c'était lui! marchait dans le silence,
Contemplant les travaux d'un château de plaisance,
Qu'un de ses francs amis, le bienveillant Mocquart,
Faisait près de Saint-Cloud, élever à l'écart.
Quand bientôt son regard vit un pauvre ouvrier,
Que travail et chaleur faisaient tout oublier.
Il s'avance au chantier, ce brûlant atmosphère,
Et de sa propre main aide à scier la pierre.
L'ouvrier, fatigué par les rayons brûlans,
Fermait, ouvrait les yeux à de très-courts instans.
Sentant un mouvement n'étant pas ordinaire,
En sursaut réveillé, se lève avec colère,
Et dit à l'inconnu, en agitant sa main:
Allez, mon beau monsieur, passez votre chemin,

Laissez en paix vos gants couvrir votre main blanche,
Je ne suis pas pressé, j'ai du pain sur la planche.
De quoi vous mêlez-vous? à chacun son métier;
Tournez-moi les talons et laissez-moi scier.
Sans paraître blessé, l'inconnu l'examine,
Et lui dit: Mon ami, point de mauvaise mine.
Quel est donc le motif de votre grand courroux?
J'essayais de vous rendre le travail plus doux.
En passant, le sommeil fermait votre paupière,
Je disais: rendons-lui la tâche plus légère.
Je le répète enfin: quel est donc le grand mal,
Calmez-vous, mon ami, de vous fâcher, c'est mal.
J'ai cru trouver en vous un ouvrier honnête,
Je vois, avec regret, votre légère tête.
Je vous laisse en repos, mais en quittant ces lieux
J'emporte de chez vous un souvenir fâcheux.
Puis leste, il s'éloigna, laissant tout en extase
L'ouvrier consterné par sa dernière phrase.
Bref, il se mit à l'œuvre, et tout en travaillant
Les traits de l'inconnu revenaient bien souvent.
Bientôt un officier, mis avec élégance,
Lui fait lever les yeux, auprès de lui s'avance.
Prenez ce louis d'or, que l'Empereur vous donne;
Soyez dans vos discours, modéré, Dieu l'ordonne.
Sa Majesté l'oublie, et veut, pour vous punir,
Vous prier d'accepter cet or en souvenir.

Il ne faut, ici-bas, aucune différence,

Le manant, l'ouvrier, ou le noble de France.

Il vous faut l'accueillir avec plus de douceur,

Ne pas être grossier, malhonnête ou railleur.

Il faut être moins dur envers le pauvre monde,

Ne soyez pas surpris du motif qui vous gronde.

Voilà ce que vous dit, par ma voix, l'Empereur,

Dorénavant, parlez, montrez un meilleur cœur.

L'ouvrier stupéfait, au nom de l'Empereur,

Restait saisi, troublé, d'une juste douleur.

La larme du regret inonda son visage,

A genoux, suppliait le porteur du message.

L'officier convaincu des fruits de la leçon,

S'éloigna satisfait de ce pauvre garçon,

Qui répètait toujours comme dans le délire,

C'était mon Empereur !! de moi que va-t-il dire ?

Voilà le fait, tel quel, dans sa simplicité,

Ne respirant pas moins un cachet de bonté,

Car c'est par de tels faits qu'il honore la France,

Et cherche chaque jour d'accroître sa puissance.

Prospérité ! honneur ! amour et dévoûment,

Voilà les heureux fruits de son gouvernement.

Le Mourant et le Poéte.

SOUVENIR.

Pyrénées, le 20 Juillet 1857.

Dédiée à Mme **RÉVOL DE MONTRÉJEAU.**

« Déjà la mort arrive, et ma pauvre paupière
« Refuse de s'ouvrir au jour qui nous éclaire ;
« Je la vois s'avancer et là tout près de moi,
« Quelqu'un à ses devoirs, a renié la foi.
« Ma femme, ou donc es-tu ? près de moi, je t'appelle,
« Vois mes pleurs inonder ma livide prunelle ;
« Tu me fuis au moment où je me sens mourir,
« Je ne te verrai plus, tu ne veux pas venir.
« Viens, ô ma tendre amie, oh ! viens fermer mes yeux
« Avant que la douleur m'enlève dans les cieux.
« Viens me voir, m'embrasser avec ma Joséphine,
« Mes deux enfans chéris, ma blonde Zoraïde,
« Viens voir à mon chevet mes deux charmantes sœurs,
« Cherchant depuis six mois à calmer mes douleurs ;

« Viens de ton cher époux, vivifier le courage,

« Et de l'éternité, m'en soumettre l'image.

« Viens, avec le pasteur, me donner l'espérance,

« Comme lui, me veiller, mitiger ton absence,

« Me montrant le Seigneur, ce qu'il a dû souffrir,

« Lorsque, sur le calvaire, il subit le martyr.

« Oh! je m'en souviendrai, si je vais dans le ciel;

« Je retiendrai sa place aux pieds de l'Eternel.

« Viens me montrer tes traits une dernière fois,

« Ne sois pas insensible à mes pleurs, à ma voix. »

Ainsi, le moribond, sur son lit de souffrance,

De son épouse ingrate, implorait la présence;

L'écho seul répondit à ses cris de douleur;

Puis sa voix s'éteignit... la mort était vainqueur!!

Il s'endormit sans voir exaucer sa prière,

Heureux qu'à son chevet, il possédait sa mère,

Ses sœurs, doux souvenirs qu'il aura dans les cieux

Si le Seigneur l'admet au rang des bienheureux.

Et moi, simple étranger, passant sur ce rivage,

J'entendis, du mourant, la plainte et le langage;

Mon âme de poète, en voyant ses douleurs,

Voulut sur son tombeau répandre quelques pleurs.

Vous tous qui m'écoutez, vous paraissez émue,

Me voyant étranger, m'offrir à votre vue.

C'est un affront mortel donné pour souvenir

A cette épouse absente à son dernier soupir.

Vos regards, à mes yeux , semblent glacés d'effroi ;
Vous dites, je le vois, pour la première fois.
Vous ne savez donc pas que Dieu mit dans mon àme
Un cœur sensible et bon, brûlant comme la flamme,
Qui chaque jour s'élève au coin de ce foyer ,
Que vous aimez, le soir, à revoir pétiller.
Le poète est rêveur, souvent il se promène,
A ses yeux se présente un sujet qui l'entraîne,
Une fleur, ou l'oiseau chantant dans le vallon,
L'innocent qui voltige et court le papillon ;
Le pauvre, en son grabat, dans sa triste demeure,
La feuille qui s'agite ou la brise qui pleure,
Les faits de son pays, gloire ou prospérité ;
Tout, par lui, se retrace avec sincérité.
Je marchais dans ces lieux, quand soudain dans mon âme
Arriva, vif encore, un certain nom de femme.
C'était ce moribond , cet époux de trente ans,
Que la faulx moissonnait, si jeune, à ses enfans ;
C'était ce délaissé , c'était son cri d'adieu,
Que l'écho seul redit sans exaucer le vœu.
Alors, je compris tout !... J'emportais de la vie
Un exemple que nul ne porterait envie.
Et moi, simple étranger, j'accours sur ce cercueil
Partager avec vous le triste et sombre deuil.
Puisse le Tout-Puissant exaucer ma prière,
Heureux ! je franchirai le seuil du cimetière !!

La Fleur Délaissée.

Dédiée à Monsieur **PAUL D**...

Saint-Quentin, le 25 Avril 1857.

Pauvre petite fleur,
Tu languis sur la terre,
Tu n'as plus de saveur.
Dans ce vilain parterre.
Seule, dans cette cour,
Au milieu du décombre,
Tu souffres tout le jour,
Tu passes comme une ombre.

Ta tige, ce matin,
Humide de rosée,
Semblait dire: Demain,
Verrai-je la journée?
Je n'ai plus de soleil
Pour fortifier ma vie,
Quel sera mon réveil,
Sort peu digne d'envie.

Pour toi, ma fleur d'amour,
Un sort heureux va luire,
Dans un plus beau séjour
Ma main va te conduire..
Tu verras les boutons,
Complétant ta parure,
Fournir des rejetons
Formés par la nature.

———

Console-toi, ma fleur,
Sur les pas du poète
Tu trouveras bonheur,
Tu dresseras la tête;
Tu reprendras fraîcheur,
Tes trésors de l'aurore,
Ton parfum, ton odeur,
Repaîtront encore.

———

Le soir, on vit ma fleur
Redresser sa pétale,
Renaître tout en pleurs
Dès l'aube matinale.
C'était l'espoir prochain
Du retour à la vie;
Un réveil plus certain,
Un sort digne d'envie.

ACROSTICHE

SUR LE

DOMINO NOIR.

Saint-Quentin, le 8 Janvier 1857.

L 'opéra, le Domino noir,

E tait par vous charmant à voir.

D e votre voix mignonne et tendre

O n ne se lassait de l'entendre,

M ais de ces chants harmonieux,

I l me faut à moi beaucoup mieux.

N e changeons point les faits de place,

O sez me prendre pour Horace,

N 'êtes-vous pas la sœur Angèle,

O h ! par pitié pour tant de zèle,

I ci, je le demande en grâce,

R estez Angèle et moi Horace.

A Mademoiselle **B**.. ....

L'Oiseau du Prisonnier.

ROMANCE.

Dédiée à Monsieur Alfred de Meilheurat, ex-rédacteur du Corsaire.

Dédiée à Mlle **X**....

Paris, le 4 Octobre 1856.

> Petit oiseau, sur ce rivage,
> Viens un instant me visiter,
> J'aime d'écouter ton ramage,
> Et pourtant tu viens m'attrister.
> Oui , je comprends, sans aucun doute,
> Tu veux parler de tes amours,
> Oiseau, tais-toi !.. je te redoute,
> Ne parle pas de ces beaux jours.

> Petit oiseau, ton beau plumage
> Me rappelle un doux souvenir;

C'était par un jour sans orage,
Jour qu'on ne peut te définir.
Tous deux, nous faisions même route,
Causant aussi de nos amours.
Oiseau, tais-toi! je te redoute,
Ne parle plus de ces beaux jours.

Petit oiseau, sur sa fenêtre,
Va lui porter mes chants si doux,
C'est elle qui les fait renaître,
Oiseau !.. n'en deviens point jaloux.
Si de bonheur, elle t'écoute,
Dis-lui que je l'aime toujours,
Mais qu'au bonheur, vraiment je doute,
Rappelle-lui nos tristes jours.

La Mouche.

Dédiée à Madame **RÉVOL**

Une petite Mouche,
Voltigeant près de moi,
Me piquait sur la bouche,
Baiser peu doux, ma foi.
Fuis! petite tigresse,
Ne viens pas m'irriter,
Pour prix de ta caresse,
Moi, je vais t'attraper.

Mais, hélas! la perfide,
Son jeu ne cesse pas,
Avec son air candide,
Elle accourt sur mes pas.
Allons, sois bien gentille,
Laisse-moi travailler,
Si tu n'es pas tranquille,
Nous allons nous brouiller.

Mais, en vain, la rusée
Me tourmente toujours;
Oh! lui dis-je, effrontée,
Prends souci de tes jours.
Si, de ma patience,
Tu veux trop abuser,
Malgré ta persistance,
Moi, je vais t'attraper.

———

Allons! petite mouche,
Fuis de ces tristes lieux,
Et ne prends point ma bouche
Pour objet de tes jeux.
Si tu fais la rebelle,
Crains ma sévérité,
En te privant d'une aile,
Adieu la liberté!!...

(Pyrénées) Montréjeau, le 19 Août 1857.

FIN.

St-Quentin. — Typ. d'Ad. Moureau, Grand'Place, 7.

www.ingramcontent.com/pod-product-compliance
Lightning Source LLC
Chambersburg PA
CBHW072214210626
46818CB00014BA/2024